Renate Becker

Meine Reise durch die Erbsünde - A Nazi Hero

Zeichnungen: © Annina Müller
Umschlaggestaltung: Alexander Hanke
Layout & Satz: Annina Müller, Alexander Hanke

© Renate Becker, Köln, 2005
Alle Rechte liegen bei der Autorin
Herstellung und Verlag: Books on Demand, GmbH, Norderstedt
ISBN 3-8334-2687-X

FÜR
ARTHUR

Der Traum.
Ich fliege in meiner Seppelhose durch die Luft zum Füh-
rerhauptquartier. „Mein Führer, ich bringe Dir den Sieg,"
sage ich. Ich erhalte von ihm den Stab des Generalfeldmar-
schalls. Ich bin sehr glücklich und fliege weiter.

Neben dem Haus meiner Großeltern, in dem ich bis zu meinem sechsten Lebensjahr lebe, liegt linkerhand eine beschlagnahmte Villa, in der die Wehrmacht einquartiert ist, und rechterhand, über eine kleine Kopfsteinstraße hinweg, eine Knabenschule. In der Pause kann ich beobachten, wie die Knaben, verglichen mit Mädchen, anders werfen, mit relativ geradem Arm. Ich mache das nach und kann nun sehr weit werfen. Bei den Soldaten und Posten vom Wehrmachtsquartier beobachte ich, wie sie salutieren, die Hacken zusammen schlagen, kehrt machen. Auch das imponiert mir und ich mache es mir zu eigen.

Der jüdische Bankier hält, wenn er meinen Großvater besucht, die Aktentasche vor den gelben Stern, um ihn nicht zu kompromittieren. Das ist eine sehr frühe Erinnerung.

Ein Matrose von nebenan nimmt Kontakt mit mir auf. Er guckt aus dem Fenster im ersten Stock, wenn ich im Garten spiele. Ich verliebe mich in ihn. Einmal war ich auf seinem Zimmer, glaube ich. Oder es war ein Wunsch. Ein andermal sehe ich ihn drüben im Garten in einer Badehose in ein winziges Schwimmbecken steigen. Als er aus dem Wasser steigt, ist seine Hose hinten herunter gerutscht, so dass man den Spalt sieht. Ich schäme mich für ihn und will nie mehr etwas mit ihm zu tun haben. Ich bin etwa fünf, sechs Jahre alt.

Ein anderer Soldat von drüben hat Kontakt mit unserem Dienstmädchen aufgenommen. Sie haben eine Leine zwischen den Häusern gespannt, von Fenster zu Fenster, so dass sie Briefe hin- und her befördern können. Einmal kommt er zu uns herüber zu Besuch. Er darf mit ihr ins Wohnzimmer, seine Stiefel knarzen als er auf sie zu geht. Später bekommt unser Mädchen ein Kind, das ich, als es größer ist, schon im Laufställchen, in seine roten Backen beiße, wenn niemand zugegen ist.

Ich sammle Schnecken. Es gibt weiße, gelbe, rosane und braun-weiß geringelte in unserem Garten. Ich finde sie klebend an der Gartenmauer oder an der Unterseite von Blättern, besonders wenn es geregnet hat. Sie kommen in einen Karton, der mit Blättern ausgelegt ist. Nachts schlafen sie und überkleben den Eingang ihres Häuschens mit einer Haut. Morgens komme ich und wische mit Wasser diese Haut ab, weil sie aufwachen sollen. Wenn ich sie dann in den Karton zurück setze, kriechen sie aus ihrem Häuschen heraus und auf den Blättern herum. Einmal ist eine Schnecke nach der Wäsche aus ihrem Häuschen überhaupt nicht heraus gekommen. Da habe ich sie zur Strafe kaputt getreten. Da muss ich heute noch daran denken.

Ich sammle auch Fliegen. Wenn ich sie gefangen habe, kommen sie in eine Zellophandose mit durchlöchertem Deckel für die Atemluft. Unten kommt Zucker rein.

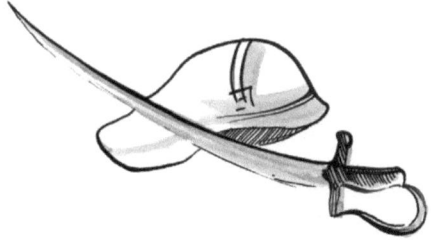

Ich habe eine Mütze von der Marine bekommen, ein „Schiffchen". Das trage ich jetzt immer. Ich habe auch einen Säbel und eine Flinte. Da schießt ein Korken aus dem Lauf, wenn man abdrückt. Der Korken ist mit einer Schnur an der Flinte befestigt, so dass man ihn gleich wieder hat.

Im Garten baue ich mir ein Zelt mit einem Stock und einer Wolldecke. Wenn ich auf die Straße gehe, bin ich bewaffnet, mit einer Kette und mit Steinen in der Hosentasche. Ehe ich um eine Ecke biege, schleiche ich erst heran und luge vorsichtig um sie herum, ob einer kommt. Einmal haben mich welche gefangen, gefesselt und mir mit einem Bambusstock hinten auf die Beine geschlagen. Ich habe keinen Mucks gesagt. Aber ich verhaue auch viele. Da kommt sogar die Mutter eines Kindes, um sich bei meinen Großeltern zu beschweren. Es heißt, ich muss nun ins Gefängnis. Ich verabschiede mich von einer Freundin, die sehr sensibel ist und schon mit sechs Jahren Klavier spielt. Aber es passiert gar nichts, ich bekomme nur Stubenarrest.

Ich lasse mich gerne mit meinen Stofftieren fotografieren. Ich blicke dann entschlossen und meine Tiere grüßen mit erhobenem Arm. Oder ich sitze auf dem Schaukelpferd, salutiere mit meinem Säbel und habe meinen Stahlhelm auf. Manchmal nötigt mir meine Mutter auch ein Bild im Kleidchen ab, mit einem Blumenstrauß in der Hand, an dem ich dann riechen muss.

14

Meine Mutter erzählt, dass das polnische Dienstmädchen von unserer Tante geweint hat, als meine Mutter ihr einen seidenen Unterrock schenkte. Sie ist in die Knie gesunken und hat ihr die Hand geküsst. Diese Polin war eine für die Fabrik Requirierte, die meine Tante für den Haushalt abgezweigt hat. Sie hat sie schlecht behandelt und geschlagen. Sie hat ihr auch den Unterrock wieder abgenommen.

Unser Gärtner hat zwei französische Kriegsgefangene. Ich spiele um sie herum, wenn sie arbeiten. Sie pfeifen und machen komische Gesichter für mich. Mit mir sprechen dürfen sie nicht. Einer steht da und guckt zu meiner Großmutter auf den Balkon hinauf. Sie wirft eine Zigarettenschachtel herunter. Mir sagt die Großmutter aber, da seien nur Briefmarken für den Franzosen darin gewesen, und keine Zigaretten. Kurz darauf wird der Gärtner bestraft, weil er seinen Kriegsgefangenen zu gutes Essen gegeben hat.

Den einen französischen Kriegsgefangenen kann ich gut nachmachen, wie er mit seinem schiefen Mund das Lied zwischen den Zähnen pfeift und mit seinem einen steifen Bein den Rechen durch das gemähte Gras zieht. Das muss ich manchmal vormachen, wenn meine Mutter Besuch hat.

15

Wir Deutschen siegen. Im Radio melden sie, wie viele
Bruttoregistertonnen wir schon wieder versenkt haben.
Dann spielt die Marschmusik: „Denn wir fahren, denn
wir fahren, denn wir fahren gegen Engelland". Besonders
gut gefällt mir der Schluss der Musik, „däh-däh-dädädäh-
dädädääh!‚dähdä-dädädä-däh!"

Ich gehe jetzt in die Schule. Im Handarbeitsunterricht lerne
ich Häkeln. Einen Topflappen. Plötzlich bekomme ich eine
Ohrfeige von der Handarbeitslehrerin. Ich weiß aber nicht,
was ich gemacht habe.

Nachts träume ich oft, dass der Teufel heult. Dann merke
ich im Schlaf, dass mir meine Mutter meine Söckchen an-
zieht. Dann war es gar nicht der Teufel, sondern die Sirene
und wir müssen in den Luftschutzkeller. Da sitzen wir in
Liegestühlen oder auf einem Stuhl und warten, im Mantel,
mit Mütze und Handschuhen und allem dabei, falls eine
Bombe auf das Haus fällt und man hinaus muss. Dafür gibt
es einen Notausgang. Wenn die Bomben heulen, ist es gut,
dann fliegen sie über das Haus hinweg und schlagen woan-
ders ein. Wenn sie in der Nähe treffen, hört man nur einen
lauten Knall, alles wackelt und das Licht geht an und aus.
Wenn die Bombe heult, zieht man den Kopf ein bisschen
ein, hält sich die Ohren zu und macht den Mund auf. Dann
platzt das Trommelfell nicht.

Meist fliegen die Bomber sowieso nach Frankfurt und bombardieren dort. Ich habe schon mal nachts am Himmel Leuchtkugeln gesehen, die die Bomber abwerfen, um die Ziele besser zu sehen, und die Suchscheinwerfer von unseren Flaks, damit sie die Bomber abschießen können. Einmal bin ich nach einem Angriff hinaus auf die Straße gegangen und habe geguckt, da hat ein Haus in der Nähe gebrannt. Das habe ich mir am nächsten Morgen mit meiner Großmutter zusammen angesehen. Meist brennt es aber weiter weg in Frankfurt und man sieht nur den roten Feuerschein am Himmel.

Wegen der Bombenangriffe müssen überall im Haus Wassereimer und Sandsäcke stehen. Damit kann man das Feuer löschen, wenn eine Brandbombe eingeschlagen hat. Bei Phosphorbomben funktioniert das nicht, da läuft das Feuer die Treppe herunter und man kann nichts machen.

Damit der Feind bei seinen Luftangriffen nichts sehen kann, gibt es die Verdunkelung. Dafür sind schwarze Rollos an allen Fenstern angebracht, die auch nicht den kleinsten Lichtstrahl durchlassen dürfen. Damit die Rollos an den Seiten nicht vom Fensterrahmen abstehen, gibt es extra Klemmen, die man darüber schiebt. Auch die Straßenbeleuchtung ist abgestellt. Man braucht eine Taschenlampe abends auf der Straße. Die muss man aber ausmachen, wenn Fliegeralarm ist. Man kann jedoch eine Leuchtplakette am Mantel tragen, damit man im Dunkeln von den anderen Fußgängern gesehen werden kann. Man muss sie nur vor Gebrauch eine Weile unter eine Lampe legen. Nachts liegt die Plakette auf meinem Nachttisch und leuchtet hellgrün.

Möglichst früh am Morgen nach den Bombenangriffen, suche ich die Straße nach Bombensplittern ab. Möglichst früh, damit die anderen Kinder sie nicht vor mir finden. Die Bombensplitter sammele ich alle in einem Karton.

Bald ist Weihnachten. Ich geh mit meiner Großmutter im Wald spazieren. Beim Laufen kann man die Blätter mit den Füßen aufrascheln. Wir treffen auf eine Gruppe von Leuten, die in einem Kreis herum stehen. Ein Luftschutzwart hält eine Brandbombe in der Hand und zeigt, an welchem Ende man sie anfassen muss, damit nichts passiert. Das eine Ende ist schwarz, das andere rot, glaube ich. Dann trägt man sie schnell aus dem Haus, damit das Haus nicht abbrennt. Auf dem Heimweg, weil es schon spät ist, stehen rosa Wölkchen am Himmel. „Die Engelchen backen Brot," sagt meine Großmutter. Zu hause machen wir Dämmerstündchen. Dabei sitze ich bei meiner Großmutter auf dem Schoß.

Nachts heult eine große böse Frau und ich erwache. Es ist aber die Lokomotive, die man von der nahen Eisenbahn hört. Ich muss mich immer ganz bis oben hin zudecken, weil einmal ein dunkler Mann an meinem Bett gestanden hat und mich an meinem Arm heraus ziehen wollte. Wenn alles unter der Decke ist, und nichts von mir heraus guckt, kann er nicht an mich heran.

Wir wohnen Parkstraße 15. Im Park gegenüber quaken die Enten und, wenn die Sonne scheint, hört man die Räder von den Kinderwagen quietschen. Es gibt einen runden weißen Kiosk für Eis und Süßigkeiten mit einem kleinen Schild daran, wo Coca-Cola drauf steht. Der Kiosk ist aber immer geschlossen. Die Rolladen sind herunter gelassen. Im Park gibt es einen großen Regenbogen aus Beton.

Ich gehe mit meiner Großmutter zu den Liliputanern. Sie sitzen in Schaufenstern. Die ganze Familie um den Tisch herum beim Essen. Oder sie schlafen in kleinen Bettchen. Der Mann, der uns an der Kasse die Karten verkauft hat, war auch ein Liliputaner. Und es gibt ganz kleine Frankfurter Würstchen zu kaufen, mit Senf, auf einem Teller aus Pappe.

Beim Schaukeln stoße ich mit einer Hummel zusammen, die mich in die Backe sticht. Meine Mutter nimmt ein Stück Seife, macht es nass und reibt mir die Backe damit ein.

Ich habe unsichtbare Tiere in meinem Zimmer, mit denen ich Gespräche führe. Neckeda, der immer hinter der Türe sitzt, wenn man sie aufmacht, Answo und Küliramikrokodali. Wir sind einmal zu Besuch bei Leuten, deren Hund Häsen-schäfen-duddi-kindi-hullawürschteli heißt. Wir rufen ihn und ich spiele, dass ich den Namen nicht zu Ende sprechen kann, weil ich so lachen muss.

Ich bin zu Hause bei einem Jungen, mit dem ich eigentlich nicht spielen darf, weil er ein Gassenkind ist. Er ist katholisch und hat sich aus Papier einen Altar gebastelt. Er kniet sich davor hin. Mit der Fahrradluftpumpe pumpen wir uns Luft in die Socken, weil man dann schneller laufen kann.

Im Kindergarten haut mir ein Junge mit einer Eisenstange in den Augenwinkel. Da habe ich heute noch eine Narbe. Einem Jungen, der mit seinen Eltern zu uns zu Besuch kam, habe ich einen Stein ins Gesicht geworfen, ziemlich nahe am Auge. Meine Großmutter ist sehr böse mit mir. Als die Leute weg sind, wundere ich mich aber, denn sie gibt mir eine heiße Milch zu trinken, mit einem Malzbonbon darin. Stubenarrest bekomme ich auch nicht.

Der Nikolaus ist in den Kindergarten gekommen. Ich sehe aber, dass es die eine Kindergärtnerin ist, die sich einen Wattebart umgehängt hat. Die Weihnachtsplätzchen, die ich geschenkt bekomme, darf ich nicht aufessen, sagt meine Großmutter, weil die dreckig sind.

Ich habe auch gesehen, dass es mein Großvater war, der die Ostereier im Garten versteckt hat. Ich habe nämlich durchs Fenster geguckt.

Ich sitze vor dem Haus in unserem Steingarten. Ein dicker Mann mit einem Hut auf steht am Zaun und zeigt mir einen Papierfächer, den er mir schenken will. Meine Großmutter merkt das und schickt ihn weg. Meine Großmutter sagt, der Fächer sei giftig gewesen.

Irgendein großer Junge steht vor mir an der Tür zur Waschküche und reibt an mir rum. Er fragt, ob es mir jetzt ganz warm wird. Ich sage nein.

Der Gärtner hört mit dem Umgraben auf und schält mir mit seinem Taschenmesser einen Apfel, so in einem Zug, dass sich die Schale ringelt. Der geschälte Apfel ist ganz schwarz von der Erde an seiner Hand, das macht aber nichts.

Meine Großmutter ist gestorben. Sie liegt in ihrem Bett im Schlafzimmer. Ich habe nicht hinein geguckt als dort die Tür offen stand. Ich höre meinen Großvater seufzen: „Eijeijeijeijei". Meine Mutter erzählt jemandem am Telefon, dass mein Großvater nachts unbedingt im Bett neben meiner Großmutter schlafen will, bis sie zur Beerdigung abgeholt wird.

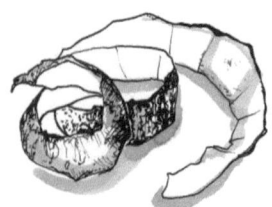

Ich habe einmal einen Leichenwagen gesehen, aber nicht den von meiner Großmutter. Das war ein Pferdewagen und das Pferd hatte schwarze Hütchen über den Ohren und eine schwarze Decke über dem Rücken. Hinten auf dem offenen Wagen lag die Leiche mit nur einem schwarzen Tuch darüber gebreitet. Der Körper, der Kopf, die Nasenspitze des Toten hoben sich unter dem dünnen Tuch deutlich ab.

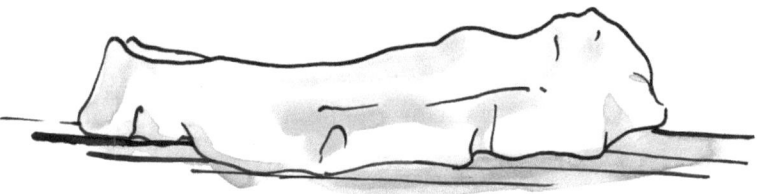

Meine Mutter holt mich jetzt zu sich nach Oldenburg, wo sie Theater spielt.

Zuerst wohnen wir für kurze Zeit in der Pension von der Frau von Jordan in der Gartenstraße 2 und nehmen an deren Mittagstisch teil. Frau von Jordan ist eine Offizierswitwe und hat einen großen dicken Hintern. Sie wird die Weinbergschnecke genannt. Beim Mittagessen hat sie immer eine Extrawurst für sich selbst auf dem Teller, zum Beispiel paniertes Kalbshirn, was ich sehr gerne esse. Ich bekomme nie etwas ab von ihr.

Frau von Jordan hat eine Magd, Roswitha. Sie ist dick und blond und gilt als blöd. Sie gräbt mit einem Spaten das Beet um. In ihrem Pullover ist ein Loch, so dass man beinahe den Busen sehen kann. Einmal ist meine Mutter verreist und Roswitha muss auf mich aufpassen. Da bekomme ich abends von ihr eine dicke Scheibe Weißbrot mit ganz dick Butter und Gelee darauf.

Nebenan wohnt meine Freundin Almut. Dorthin gehe ich immer spielen, auch als wir schon längst wieder umgezogen sind. Das Haus, wo meine Freundin wohnt, gehört der Witwe Geier. Witwe Geier trägt einen Schleier. Ich habe einmal gesehen, wie sie auf der Straße ihren Schleier hob, um in den Rinnstein zu spucken. Witwe Geier ist immer schwarz angezogen.

Wir haben bei Frau Franksen in der Huntestraße 18 ein paar Zimmer bezogen. Meine Mutter hat es schwer mit mir. Auf dem Schulweg werde ich von einem Fahrrad angefahren, am Knie, und ich bekomme eine Schleimbeutelentzündung. Da muss mich meine Mutter bei Fliegeralarm in den Keller tragen.

Wir wohnen direkt an der Fähre, die über die Hunte ans andere Ufer fährt. Der Fährmann rudert das Boot im Stehen. Man muss mit dem Ruder eine Acht schlagen. Der Fährmann hat mir das mal gezeigt und ich durfte es auch probieren. Manchmal rupfe ich am Ufer Gras und Löwenzahn in einen Sack hinein, für seine Kaninchen.

Benno ist der Sohn von Frau Franksen. Wir gehen manchmal zusammen auf den Schrottplatz und suchen nach einem Stück Bleirohr. Das lässt Benno auf dem Herd in einer Pfanne schmelzen. Dann kühlt er die Pfanne mit kaltem Wasser ab, das zischt. Er löst das Blei aus der Pfanne heraus und hat einen runden Bleipfannkuchen. Manchmal spielen Benno und ich Poch mit kleinen getrockneten Erbsen.

Nachts, wenn meine Mutter im Theater ist und ich alleine unter dem Dach in meinem Bett liege, trappelt es über meinem Kopf auf den Dachziegeln oder im Gebälk. Ich denke, es ist der Teufel oder vielleicht sind es Gespenster. Ich liege starr vor Angst und sage keinen Mucks.

Am anderen Ufer steht ein Kran zum Entladen der Schiffe. Einmal ist das Brett beim Hochziehen los gerissen und die Backsteine, die darauf geladen waren, sind den Kriegsgefangenen unten im Schiff auf den Kopf gefallen.

Sie wurden auf dem Brett stehend und hockend von dem Kran hoch gezogen und ich konnte sehen, dass ihre Köpfe und ihre Jacken blutig waren. Es kam sogar ein Lazarettwagen, obwohl es Kriegsgefangene waren.

In der Hunte gibt es viele Stichlinge, die man leicht fangen kann. Ich habe nur kein Aquarium, wo ich sie hinein tun könnte.

Wir ziehen um in die Bahnhofstr.2, in das Haus von einem Fabrikanten. Da steht sogar ein kleiner Bunker im Garten für die Luftangriffe. Der Fabrikant ist im Gefängnis und nur seine Frau und die zwei großen Söhne wohnen dort. Einer der Söhne ist Soldat und mein Schwarm. Er schenkt mir einen Wellensittich, den ich nach ihm Kläuschen nenne. Der liegt aber bald eines Morgens unten im Käfig in dem feinen Sand und ist tot. Der andere Sohn ist blass und hässlich. Wenn ich ihn ärgere, da schwillt ein Muskelstrang in seiner Backe immer an und ab. Oben auf dem Speicher darf ich in den Bücherkisten wühlen. Da gibt es viele Abenteuerbücher für mich zu lesen. Und auch „Das Kränzchen" - eine Mädchenzeitschrift mit Handarbeiten, Bastelideen und Fortsetzungsromanen.

Eine Brandbombe ist in unser Haus in Offenbach eingeschlagen und es ist abgebrannt. Mein Großvater hat ver-
sucht zu löschen. Die Feuerwehr stand vor dem Haus auf
der Straße. Sie hat aber nicht mit gelöscht, weil sie auf das
Nachbarhaus, wo die Wehrmacht einquartiert ist, aufpassen
musste. Mein Großvater kommt jetzt zu uns in die Woh-
nung nach Oldenburg.

Der Deutsche in Karl Mays Büchern ist mein Vorbild. Er
ist überlegen, christlich und listenreich. Wenn man ihm
die Hände fesselt, taucht er sie in einen Krug mit kühlem
Wasser, die Gelenke schwellen ab und er kann die Fesseln
mühelos abstreifen.

Ich rüste mich zum Kampf. Kleine Zigarettenbildchen zeigen die Griffe und Stellungen beim römisch-griechischen
Ringkampf. Wer sie kennt, siegt. Auch lege ich meine Hände in Wasser, in dem ein Backstein drei Tage lang geweicht
hat. Das habe ich in einem Boxerbuch gelesen. Die Fäuste
werden dann hart. Ich erfinde viele Mutproben, die ich mir
und den anderen Kindern auferlege. Manche Freundinnen
sind feige und weinerlich. Ich spiele lieber mit Jungen.

In der Jungensklasse von der Volksschule, die ich besuche, gibt es einen blonden Jungen namens Fritz Klein. Ich bekomme einen Brief von ihm mit der Anfrage, ob ich seine Freundin werden will. Er hat eine platt gewalzte silberne Münze zum Anstecken beigelegt, in die die Buchstaben F K, für Fritz Klein, hinein gestanzt sind. Das soll ich mir als Antwort anstecken. Das stecke ich mir natürlich nicht an, weil das Ganze eine Beleidigung für mich ist. Das nächste Mal, als ich ihn im Schulhof treffe, fange ich einen Ringkampf mit ihm an. Er ist wahrscheinlich erstaunt, wie stark ich bin. Später heißt es, haha, Fritz Klein und Irma Hein sind ein Pärchen. Irma Hein ist ein Gassenkind, aber sie hat einen wilden Lockenkopf, ganz dunkle Haut und schöne helle graue Augen.

Ich bin jetzt nicht mehr auf der Volksschule, sondern auf dem Lyzeum. Ich gehe auch zu einem vorbereitenden Unterricht fürs BDM. Eine Frau erzählt da, dass Hitler, wie er noch klein war, nicht zuließ, dass andere Kinder in die Bäume kletterten und Vogelnester ausnahmen. Er war so tierlieb wie ich auch. Im Mai soll ich eingeschworen werden, aber meine Mutter schickt mich bald nicht mehr hin. Sie sagt, es fällt aus, weil der Krieg jetzt so schlimm ist. Ihr gefällt auch die Uniform nicht, die sie jetzt für mich kaufen müsste. Es sieht so aus, als würde ich keine Uniform bekommen.

Die Schule schickt uns Kinder zur Wehrmacht. Auf einem Tisch haben sie ein Schlachtfeld aufgebaut, mit Kanonen, Panzern, Schützengräben, Stacheldraht, Lazarettwagen und lauter kleinen Soldaten. Ein Soldat erklärt uns das. Sie zeigen uns auch einen Film vom Krieg in Russland. Die deutschen Soldaten schießen mit Flak und Panzerfaust und stürmen die russischen Schützengräben. Die Russen ergeben sich mit erhobenen Händen. Ein deutscher Soldat flößt einem verwundeten Russen Wasser aus seiner Feldflasche ein. Die Russen haben alle kahlgeschorene Schädel.

Meine Mutter ist sehr praktisch. Da ich aus meinen Schuhen heraus gewachsen bin, hat sie einfach den vorderen Teil vom Schuster abschneiden lassen. Jetzt sind das Sandalen. Damit Schuhe sich nicht so schnell abnutzen, nagelt der Schuster Metallplättchen unter die Sohlen. Vorne unter die Schuhspitze oder hinten unter den Absatz. Es gibt auch richtige Hufeisen für rundum die Außenkante des Absatzes. Wenn man damit auf dem Trottoir läuft, klingt es, als käme ein Soldat marschiert. Man kann mit dem Hacken Funken schlagen, wenn es dunkel ist. Da nimmt man einen Anlauf, schlägt mit der Hacke auf den Pflasterstein, läuft ein Stück, schlägt mit der Hacke, läuft ein Stück.

Wenn Fahnenappell auf dem Schulhof ist, wird die schwarz-weiß-rote Fahne mit dem Hakenkreuz die Fahnenstange hoch gezogen. Wir stehen derweil in Reih und Glied, mit erhobenem Arm. Wenn der Arm müde wird, kann man ihn dem Vordermann auf die Schulter legen. Oder man hält mit der linken Hand den rechten Arm hoch.

Wir machen Karamelbonbons. Da zerlässt man Fett in einer Pfanne und Zucker, rührt herum bis alles braun wird, nicht zu dunkel, sonst schmeckt es bitter. Dann gießt man es auf einen Teller. Man muss warten bis es kühl geworden ist, sonst verbrennt man sich die Zunge. Wenn man Haferflocken mit in die Pfanne tut, wird daraus Krokant. In der Apotheke gibt es Salmiakpastillen in kleinen Papiertüten. Die werden aus Ochsenblut gemacht. Man kann ganz viele auf einmal in den Mund tun oder eine Salmiakpastille auf den Handrücken kleben und daran lecken. Süßholz ist auch gut. Man muß es nur ausspucken, wenn es nach nichts mehr schmeckt.

Einmal hat meine Mutter einen Apfelkuchen gebacken und ihn zum Abkühlen auf den Tisch gestellt. Dann gab es Fliegeralarm. Als wir aus dem Bunker kamen, war die Küchenfensterscheibe durch eine Druckwelle zerborsten und es lagen lauter Glassplitter auf dem Kuchen. Man konnte ihn nicht mehr essen.

Kollegen sind abends bei meiner Mutter. Ich liege im Bett, in dem durch einen Vorhang abgetrennten Schlafzimmer und höre, wie sie sagen, dass wir jetzt den Krieg verlieren. Ich rege mich furchtbar auf. Am nächsten Morgen sage ich zu meiner Mutter, dass ich nicht will, dass diese Leute wieder zu uns kommen.

Mit meiner Freundin bastele ich aus Wasserfarben und Papier schwarz-weiß-rote Hakenkreuzarmbinden. Dann singen wir mit erhobenem Arm aus einem Liederbuch. Dabei dürfen wir nicht lachen. Wenn sie lacht, hau ich sie.

Meine Mutter und ich sitzen im Garten. Wir hören ein
Flugzeug über uns brummen. Kein Fliegeralarm. Wir sehen,
dass es ein deutscher Jäger ist. Da geht die Klappe unten
auf und eine Bombe fällt herunter. Meine Mutter und
ich springen schnell auf, um in den Bunker zu rennen, da
knallt es schon, ganz in der Nähe. Das war gar kein deutscher Jäger.

Unser Mitbewohner erzählt, eine Gruppe von englischen
Kriegsgefangenen sei die Straße entlang geführt worden.
Die hätten die Hände in den Hosentaschen gehabt, hätten
gepfiffen und gelacht, weil sie wussten, dass sie schon bald
wieder befreit werden.

Ich habe schöne Wehrmachtsabzeichen bekommen. Die
kann man jetzt kriegen. Silberne Knöpfe und Litzen, Win-
kel für den Ärmel, Schulterklappen für einen Leutnant.
Da ich nicht weiß, ob man sie annähen und tragen darf,
bewahre ich sie in einer Schachtel auf.

Wir sind umlagert. Die Stadt steht unter Artilleriebeschuss
und soll kapitulieren. Es gibt keine Schule mehr, Einkaufen
kann man nur nachts und ich darf überhaupt nicht mehr
aus dem Haus. Meine Mutter spricht nun ernsthaft mit mir.
Dass wir den Krieg verlieren werden. Dass alles nicht wahr
ist, was der Führer gesagt hat. Dass Kollegen nachts an den
Bahngeleisen Hilferufe und Schreie nach Wasser aus einem

Güterwagen gehört haben, der dort stand. Dass sie dann Wasser in Eimern herbei getragen haben. Dass viele böse und schlimme Sachen geschehen sind. Ich bin verzweifelt und weine: „Aber doch nicht der Führer..."

Jetzt kommen sie. Der Bürgermeister hat kapituliert. Wir müssen alle Vorhänge zu ziehen und dürfen nicht ans Fenster gehen, sonst schießen sie hinein. Ein Mitbewohner lässt laute Jazzmusik im Radio spielen. Das darf man jetzt. Ich denke mir, dass es in Amerika ja Indianer gibt, wie bei Karl May. Als man raus gucken darf, sehe ich meinen ersten Feind die Straße herunter kommen. Ein großer kanadischer Soldat, mit einer weiß-schwarzen Felljacke über der Uniform. Er ist sehr dunkel im Gesicht. Vielleicht ist es ein Indianer.

In unseren Garten sind betrunkene entlassene polnische Kriegsgefangene eingedrungen und sie wollen in den Weinkeller unseres Hausbesitzers einbrechen. Ich habe Angst und laufe auf die Straße. Dort halte ich einen Jeep mit kanadischen MPs an. Sie kommen mit mir und holen die Polen weg. Am nächsten Tag fährt ein Panzer vor unserem Haus vor. Aus der Luke oben steigt einer der Kanadier von gestern aus und einer mit einem Maschinengewehr im Anschlag. Sie klingeln an der Tür. Meine Mutter macht auf. Der mit dem Maschinengewehr schaukelt hin und her, weil er betrunken ist. Meine Mutter lässt sie herein. Sie wollen nur eine große Blechdose voll mit Schokolade und Süßigkeiten für mich abgeben und meiner Mutter etwas auf dem Klavier vorspielen.

Auf dem Platz vor der Lamberti-Kirche hält ein offener Lastwagen. Die Männer darauf winken uns Kinder heran und reichen uns Stapel von Zeitungen herunter. Die sollen wir an alle Leute verteilen. Auf der Vorderseite sind Leichenberge abgebildet und innen drin sind noch mehr Fotos aus den Konzentrationslagern, von Toten und Gefolterten und Verhungerten. So erfahren wir das und wir sollen die Zeitungen austeilen, damit die anderen Leute das auch erfahren.

Es ist ein sehr kalter Winter. Die Flüchtlinge klingeln an unserer Haustür und erbetteln Brot von uns. Ein großer Mann mit einer Mütze mit Ohrenklappen bittet um ein paar Scheiben Brot. Als er weggeht, sieht man, dass er einen ganzen Sack voll Brot schleppt. Vielleicht verkauft er es oder er sammelt es für die anderen Flüchtlinge, die in den Baracken wohnen. Einmal stand eine Frau vor der Tür, in einem hellen Mäntelchen, die hatte blaue Hände und ein ganz blaues Gesicht von der Kälte.

Meine Mutter hat jetzt einen Freund. Er heißt Arthur und ist ein englischer Major. Meine Mutter und Arthur werden heiraten. Dann wird Arthur mein Stiefvater und wir wandern nach Kanada aus. Arthur ist sehr nett zu mir und schenkt mir einen Dackel, den ich Pony Ponem nenne. Ponem ist jüdisch und heißt Gesicht.

Fräulein Kaiser hat eine Hochfrisur und trägt, wenn sie aus dem Haus geht, einen Turban auf dem Kopf. Sie ist unser neues Dienstmädchen, aber eigentlich ist sie etwas Besonderes, eine Erzieherin, sagt mir meine Mutter. Da kann ich mich freuen. Tatsächlich macht sie mir vor, anfangs, wie man aus Haarnadeln und Stanniolpapier eine Blume basteln kann. Das soll ich dann selber auch mal probieren. Doch bald ist sie nicht mehr ansprechbar. Einmal steht sie hinter dem Vorhang zum Schlafzimmer, als ich im Bett liege und sagt mit tiefer Stimme, ich sei entlarvt, die Maske sei gefallen. Meine Freundin und ich nennen sie längst Bohnenstange. Da seh ich sie einmal von einem Spaziergang nach Hause schlendern, mit einer roten Rose in der Hand. Sie zieht ihre weiße Bluse herunter und zeigt mir, wo ein Mann sie hin gebissen hat.

Es steht jetzt auch manchmal abends ein Mann, an die Hauswand auf der gegenüber liegenden Straßenseite gelehnt und schaut auf unser Schlafzimmerfenster. Ich habe Angst, dass er vielleicht einmal herein klettert, wenn meine Mutter im Theater ist und ich alleine im Bett liege. Meine Mutter und ich schlafen in einem Doppelbett. Da kann ich sie flüstern hören, wenn sie ihren Text auswendig lernt.

Wir müssen ein Behältnis, einen Topf mit in die Schule bringen, für die Schulspeisung. Das ist eine Art Haferflockensuppe.Ich habe eine leere Konservendose mit einem Henkelchen daran. Da kommt die Haferflockensuppe hinein. Wir dürfen sie in der Schule essen oder mitnehmen. Hinter mir auf der Bank sitzt Eine mit vorstehenden Zähnen. Wenn die mit ihren Zähnen die Suppe vom Löffel klaubt, sieht das so schmackhaft aus. Ich nehme meine Suppe mit nach Hause. Meine Mutter mischt Kakao darunter, wärmt sie nochmal auf und dann ist es ein Schokoladenbrei.

Der Vater meiner Freundin war ein wichtiger Mann im Arbeitsdienst. Er hatte auch zu Hause immer seine Uniform getragen. Jetzt ist er aus der Kriegsgefangenschaft entlassen worden. Er sitzt im Sessel und hat eine Strickjacke an. Eines Morgens wacht seine Frau auf und sieht, dass er tot neben ihr im Bett liegt. Meine Mutter sagt, er hat sich umgebracht.

Wir Kinder spielen in der Scheune von Witwe Geier. Wir vermuten einen Schatz unter dem Fußboden und stemmen die Planken hoch. Roswitha, die Magd, verpetzt uns bei Witwe Geier. Wir müssen sogar alle zur Polizei. Meine Mutter besteht darauf, dass ich ein schönes Kleid anziehe. Wie aus dem Ei gepellt müsse ich dort erscheinen. Eine junge Polizistin will von uns hören, dass wir so was nie wieder tun. Ich habe dann doch geweint.

Wir gehen jeden Tag zu den kanadischen Soldaten, die in das an den Garten meiner Freundin angrenzende Gymnasium einquartiert sind. Sie sind sehr nett zu uns Kindern. Selten, dass einer böse ist und uns weg jagt. Sie schenken uns Schokolade oder man kann die Wäsche für sie waschen und bekommt ein Stück Seife, Zigaretten und Schokolade dafür. Einen nennen wir Susabella. Er hat rote Haare und einen roten Schnurrbart. Jedesmal wenn er mich sieht, sagt er „Ah, Susabella!" zu mir und schenkt mir Schokolade. Oder er zwinkert nur mit den Augen und sagt „Ah, Susabella!"

Auf dem Nachhauseweg abends in der Dämmerung werde ich von einem Mann angehalten. Er ist groß und hager, ganz in Schwarz, mit schwarzen Schaftstiefeln. Ich müsse mit zur Polizei. Ich frage wieso. Er nimmt mich am Arm und führt mich, aber nicht dahin, wo die Polizei ist, sondern auf ein Gebüsch zu. Ich haue ihn und reiße mich los. Dann laufe ich weg.

Beim Kriegen spielen mit den Kanadiern will ich über den Zaun klettern. Die oberste Latte bricht ab und ich bleibe mit dem Hals am Stacheldraht hängen. Alle sagen hinterher, beinahe wäre es in die Schlagader gegangen. Ein Kanadier trägt mich ins Haus zum Sanitätsoffizier und der legt mir einen Verband um den Hals.

Mein Vater kommt einmal zu Besuch nach Oldenburg. Als er von meinem Unfall hört, besorgt er eine Flasche Korn auf dem Schwarzmarkt für den Sanitätsoffizier. Der will die Flasche Korn aber gar nicht haben und ich muss sie wieder mit nach Hause nehmen. Für Arthur hat mein Vater einen Tabakbeutel mitgebracht. Ich glaube, meine Mutter und Arthur haben sich darüber amüsiert.

Mein Vater ist Staatsschauspieler in Hannover. Jetzt darf er ein Jahr nicht auftreten, weil er in der Partei war und weil er einen belgischen Kriegsgefangenen verhauen hat. Mein Vater hat aber viele Leute verhauen, auch Intendanten. Ein Intendant ist vor Angst aus dem Fenster gesprungen, als mein Vater wütend in sein Büro kam.

Mir macht mein Vater auch gerne Angst. Er brüllt wie ein Löwe und macht dazu ein dämonisches Gesicht. Er schlägt mir beim Fingerklopfen ganz fest auf die Finger und guckt, ob ich jetzt aufgebe. Wenn es so wehgetan hat, dass man nicht mehr zurück schlägt, gibt man nämlich auf.

Bei Mensch-ärger-Dich-nicht lacht er höhnisch, wenn er gut gewürfelt hat und kickt mir mein Figürchen kurz vor dem Ziel vom Feld, so dass ich wieder auf Anfang muss. Ich verliere immer gegen ihn.

Fräulein Kaiser, die Bohnenstange, ist jetzt von uns weggegangen. Wir haben ein neues Dienstmädchen, eine große, dicke Deutsche aus der Tschechei mit ihrem Sohn Hubert. Sie hat rotblonde Struwwelhaare. Zuerst ist die Frau guter Laune und macht uns Knödel. Beim Geschirr abtrocknen bläst sie durch die Lippen, dass es sich anhört wie eine Trompete bei Marschmusik. Dann wird sie langsam böse, weil meine Mutter mir immer besseres Essen gibt als ihrem Hubert. Der isst nämlich mit mir am Tisch. Schließlich kommt die Frau mit ihrem Hubert gar nicht mehr aus dem Schlafzimmer heraus. Eines Morgens sind die beiden verschwunden. Sie haben die Matratzen umgekehrt und über alles im Zimmer Salz drauf gestreut. Auch die Treppe herunter. Das soll wohl Unglück bringen.

Ich bekomme viel Geld von meiner Mutter, weil wir bald auswandern. Lauter 20 Reichsmarkscheine. Damit gehe ich reiten in einem Hippodrom. Die Pferde und Ponys laufen zum Takt der Musik im Kreis herum. Man darf sich ein Pferd aussuchen. Wenn die Musik aufhört, muss man absteigen oder für eine weitere Runde bezahlen. Ich kann reiten so viel ich will. Und es ist sicher praktisch, wenn ich in Kanada ankomme und schon reiten kann.

Wir besuchen zusammen mit Arthur alte Freunde von meiner Mutter in Burgwedel, Lieschen, Nelly und Bill. Die haben ein schönes Bauernhaus, mit Hühnern, Tauben, einem Schäferhund und vielen Dackeln. Lieschen ist aus Theresienstadt zurück gekehrt und schreibt jetzt ihre Erinnerungen. Bill ist Rechtsanwalt. Er war die ganze Zeit mit Nelly untergetaucht. Kommunisten hatten die beiden versteckt. Bill hatte sich die Haare blond gefärbt, so dass ihn sein eigener Bruder nicht erkannt hat. Lieschen und Nelly sind Jüdinnen, aber evangelisch.

Arthur ist auch jüdisch. Er kann sehr gut Adolf Hitler nachmachen. Einmal malt er sich diesen Schnurrbart und wir basteln ihm eine Hakenkreuzbinde und ich bin ein deutsches Mädchen, das ihm einen Blumenstrauß überreicht. Wir machen ein Foto davon. Einmal verkleidet sich Arthur als Rabbiner und wir machen eine Dackelhochzeit. Da heiratet mein Pony die Dackelhündin Vicky, obwohl Pony ein Kurzhaardackel und Vicky ein Rauhaardackel ist. Lieschen züchtet Rauhaardackel.

Meine Mutter und ich warten auf die Ausreisebewilligung. Arthur ist nach London zurück gekehrt. Meine Mutter schreibt ihm jeden Tag und lässt sich für ihn fotografieren, in einem langen lila Samtkleid. Wie sie am Schreibtisch sitzt, den Arm gedankenvoll aufgestützt, mit dem Füller zwischen den Fingern. Oder in ein Buch blickend, neben einer Vase mit Tulpen. Meine Mutter ist sehr schön.

Ich kann doch nicht alle meine Bücher mitnehmen. Also werfe ich sie aus dem Fenster und meine Freunde stehen unten und fangen sie auf. Es sind viele Karl Mays dabei und andere Abenteuerbücher. Alle vier Bände Nesthäkchen.

Kurz ehe wir auswandern, stirbt mein Großvater im Alter von 82 Jahren an einem Schlaganfall. Meine Großmutter ist auch an einem Schlaganfall gestorben, aber schon mit 57 Jahren. Mein Großvater war noch rüstig und hat beim Treppen steigen immer zwei Stufen auf einmal genommen. Er hat mir immer die Bleistifte mit seinem Taschenmesser angespitzt. Er hat mir auch, als ich noch in Offenbach war, das Fahrrad fahren beigebracht. Er ist mitgelaufen, hat mich hinten am Sattel festgehalten bis ich genug Schwung hatte, dann hat er das Rad losgelassen. Opa hat mir Wilhelm Busch vorgelesen oder aus den Fliegenden Blättern und ich habe dabei auf seinem Schoß gesessen. Meine Mutter hat viel mit ihm geschimpft. Letzte Weihnachten hat er zu mir gesagt, er wünscht sich von mir, dass ich freundlicher zu ihm bin. Da habe ich furchtbar geweint.

Wir sind jetzt auf dem Weg über Holland nach England. Ich mache einen Abschiedsbesuch bei meinen Vater in Hannover. Meine Halbschwester kauft mit mir zusammen

Rumkugeln in einer Bäckerei. Mein Vater fasst mich von hinten an beiden Schultern und drückt sie gerade. Ich halte mich nämlich so krumm, dass meine Schulterblätter abstehen. Ich gehe ins Theater und sehe meinen Vater als Prospero und als den blinden Seher Teiresias.

Meine Mutter und ich besuchen auch noch einmal Lieschen, Nelly und Bill in Burgwedel. Lieschen ist sehr nervös und schreit oft, weil ein alter Nazi in Celle ihre Wiedergutmachung bearbeitet und ihre Anträge entweder verschlampt oder ablehnt. Wir haben dick DDT Puder in die Betten gestreut, weil es so viel Flöhe gibt. Am letzten Abend, als es schon dunkel ist, gehe ich noch einmal mit meinem Dackel draußen herum und ich sehe eine große Mondsichel tief über einem Getreidefeld stehen. Das will ich mir als Erinnerung an Deutschland mitnehmen.

Einen Tag und eine Nacht müssen meine Mutter und ich in einem Übergangslager verbringen, zusammen mit den anderen Leuten die auswandern wollen. Die Leute gucken uns böse an. Auch die Frau, mit der wir diese Nacht in einem Raum zusammen schlafen müssen. Sie grüßt uns nicht und sagt kein Wort. In der Nacht sehen wir sie in Kleid und Jacke am Fenster stehen. Sie hat die Arme hoch gereckt, im Ellbogen gebeugt und berührt mit ihren Fingerspitzen ihren Scheitel. Vielleicht ist sie eine böse Zauberin und verwünscht uns.

Wir fahren mit der Eisenbahn nach Hoek van Holland, wo unser Schiff nach England liegt. Wir fahren über Köln. Dort liegt alles in Trümmern. Auf der Fahrt durch Holland bekomme ich Durst und meine Mutter bittet den Kellner, der durch den Zug geht, Wasser zu bringen. Ich bekomme aber nichts zu trinken, weil der Kellner keine Deutschen bedienen will. Wenn wir anhalten und aus dem Fenster gucken, spucken die Leute auf dem Bahnsteig vor uns aus. Meine Mutter sagt, die Holländer hätten im Krieg unseretwegen frieren und hungern müssen und Blumenzwiebeln gegessen.

In London wohnen meine Mutter und ich in einem feinen Hotel. Die Eltern von Arthur wohnen in der Park Street. Sie haben einen Koch, eine Küchenhilfe, eine Zofe, eine Putzfrau, einen Hausmeister und einen Butler, der die vielen Gänge beim Lunch und beim Dinner serviert. Das viele Besteck, das neben dem Teller auf dem blank polierten Tisch liegt, benutzt man von außen nach innen. Dem Butler gibt man nicht die Hand. Man gibt überhaupt niemandem die Hand und einen Knicks brauche ich auch nicht mehr zu machen. Zur Hochzeit von meiner Mutter und Arthur und zur anschließenden Feier darf ich nicht mit. Ich habe Angst, weil in London pro Tag neun Leute ermordet werden. Deshalb sitzt an dem Hochzeitstag eine alte Kinderfrau bei mir im Hotelzimmer.

Wir feiern Sylvester bei Arthurs Eltern. Einige Onkel, Tanten, Vettern und Kusinen von Arthur sind auch dabei. Um Mitternacht stehen wir alle im Kreis und fassen uns an der Hand. Der Vetter Dolph hält eine kurze Ansprache und sagt, dass vierzig Mitglieder dieser Familie in deutschen Konzentrationslagern ums Leben gekommen sind. Ich schäme mich. Wir singen Auld Lang Syne und fassen uns dabei an den Händen.

Meine Mutter ist jetzt eine Engländerin und ich bin deutsch. Weil Arthur schon in Kanada an seinem neuen Arbeitsplatz ist und ich noch auf meine Einreisegenehmigung warten muss, werden wir von Arthurs Familie in eine Pension in Brighton geschickt, ans Meer. Ich war noch nie am Meer. Ich gehe in Gummistiefeln den steinigen Strand entlang und finde bei Ebbe schöne Muscheln die innen perlmuttern gefärbt sind. Ich schwimme auch in einem Schwimmbad mit Wellen und echtem Meerwasser. Leider verschlucke ich so viel davon, dass mir davon schlecht wird. Meine Mutter muss den Teppich auf der Treppe in der Pension sauber machen. Vielleicht ist mir auch von der braunen Suppe schlecht geworden, die es jeden Tag in der Pension zu essen gibt. Eine braune Ochsenschwanzsuppe.

Endlich fahren wir nach Liverpool, um am nächsten Morgen an Bord der SS Beaverford über den Atlantik nach Halifax in Kanada zu fahren. Abends gehen wir noch ins Kino in einen Film mit Bette Davies. Meine Mutter hat Tränen in den Augen. Sie ist begeistert, wie damenhaft sich Bette Davies beim Schluchzen ins Taschentuch schneuzt.

Als das Schiff ablegt, sitzen wir an Deck. Der Steward bringt uns eine Tasse Fleischbrühe und Crackers. Wir sind sehr vergnügt. Aber schon nach einer halben Stunde liege ich in der Kajüte und bin seekrank. Meine Mutter steigt bald ins untere Bett und ist auch seekrank. Es ist eine lange, stürmische Überfahrt im Februar 1947. Jeden Morgen kommt der Steward ins Zimmer. Wenn wir ihn fragen, wie lange noch bis Halifax, sagt er jeden Morgen, noch 10 Tage. 14 Tage sind wir insgesamt unterwegs. Nach 10 Tagen bin ich nicht mehr seekrank. Ich bekomme gestampfte Kartoffeln mit Butter und Salz, die mir gut schmecken. Ich ziehe mein rosa Samtkleid an, meinen braunen Samtmantel mit grauem Lammfellbesatz und gehe an Deck spazieren. Meine Mutter ist während der gesamten Überfahrt seekrank.

Wir gehen an Land in St. John, New Brunswick. Drei Tage und vier Nächte fahren wir nun mit der Eisenbahn nach Saskatoon, Saskatchewan. Im Zug bedient uns ein schwarzer Porter, im schwarzen Käppi, weißer Jacke und schwarzer Hose. Wir sind sehr freundlich zu ihm, weil andere ihn vielleicht schlecht behandeln. Er bringt das Frühstück ins Coupe, er putzt die Schuhe und stellt einem beim Einsteigen und Aussteigen ein Treppchen an die Abteiltür. In Winnipeg bleibt der Zug im Schnee stecken und wir müssen eine Nacht in Winnipeg im Hotel verbringen. Wir sehen uns einen Film mit Mickey Rooney an, der meiner Mutter aber nicht gefällt und fahren am nächsten Morgen weiter.

Arthur hat ein kleines Häuschen gemietet, am Rande von Saskatoon. 200 Meter weiter fängt die Prairie an. Wenn man die Milch von draußen, von der Hintertreppe, wo der Milchmann sie hingestellt hat, hereinholt, ist der Pappverschluß hoch gedrückt, weil die Milch gefroren ist.

49

Eine dicke festgepackte Schneeschicht liegt auf der Straße und der Schneepflug hat längs des Trottoirs eine hohe Schneewand aufgetürmt. Minus 40 Grad ist es manchmal, aber man friert nicht, weil die Luft so trocken ist. Der Schnee besteht aus kleinen trockenen Körnchen, die in der Hand kaum schmelzen. Man holt sich schnell einen Schock, wenn man etwas Metallenes oder jemanden am Pullover oder an den Haaren berührt. So geladen ist die Luft. Nachts kann man die Nordlichter am Himmel sehen. Es hört sich an, als würden sie knacken und knistern.

Die Nachbarn kommen und bringen uns Willkommensgeschenke. Körbe mit Obst, Marmelade und Gebäck. Ich esse jeden Morgen Pfirsich aus der Dose mit Schlagsahne zum Frühstück, so gut schmeckt mir das. Arthur arbeitet in einer Fleischfabrik und bringt Steaks, Filets und Roastbeef mit.

Meine Mutter spricht nicht mehr. Sie hat sich ins Bett gelegt mit dem Gesicht zur Wand und will nicht mehr aufstehen. So geht das einige Wochen. Bis Arthur sie zwingt, mit ihm in den Film „Die Schlangengrube" zu gehen, mit Olivia de Havilland. Da beschließt meine Mutter lieber doch nicht verrückt zu werden und steht wieder auf. Die nächste Irrenanstalt ist in North Battleford, heißt es, hunderte von Meilen entfernt.

Barbara Ann Scott hat bei der Olympiade für Kanada die Goldmedaille im Eiskunstlauf gewonnen. Wir müssen in der Schule einen Aufsatz über sie schreiben. Als ich meinen Aufsatz abgegeben habe, sehe ich die Lehrerin mit dem Schulleiter tuscheln. Sie geben mir trotzdem eine gute Note, weil ich noch nicht so gut englisch kann. Sie haben mich eine Klasse zurück gestuft, aber schon nach einem halben Jahr, bei der Versetzung, lassen sie mich eine Klasse überspringen.

Eine Klassenkameradin steht beim Heimweg auf der Straße und wartet auf mich. Sie heißt Shirley Billingsley. Sie sagt mir, dass alle in der Schule mich hassen. Ich sage, dass das nicht stimmt. Doch, sagt sie, nämlich, weil ich ein Naziheld sei. A Nazi hero.